VOYAGE
ET RETOUR.

Silhouette en vers,

Par J. MEIFRED,

A l'occasion du Banquet donné

A HABENECK AINÉ,

Par les Artistes de l'orchestre de l'Opéra,

Le 20 juillet 1841.

Pour l'art, pour l'amitié, c'est une double fête.

IMPRIMERIE DE CÉSAR BAJAT, RUE MONTMARTRE, 131.

1841.

VOYAGE

ET RETOUR.

VOYAGE

ET RETOUR,

Silhouette en vers,

Par J. MEIFRED,

A l'occasion du Banquet donné

a HABENECK aîné,

Par les Artistes de l'orchestre de l'Opéra,

Le 20 juillet 1841.

Pour l'art, pour l'amitié, c'est une double fête.

IMPRIMERIE DE CÉSAR BAJAT, RUE MONTMARTRE, 131.

1841.

Hommage

A Madame HABENECK.

MOTIF.

Une maladie très grave, dont M. Habeneck a été atteint, avait donné les plus vives inquiétudes à ses amis ; la perte d'un artiste aussi éminent, en tout temps regrettable, eût été funeste, surtout en ce moment, où les traditions de *l'art véritable* sont presque oubliées. Nous n'avons pas eu à déplorer ce malheur ; M. Habeneck s'est rétabli, et les artistes qu'il dirige, ont voulu fêter son retour parmi eux, dans un banquet où les sentiments les plus honorables, pour le héros de la fête, se sont fait jour de tous côtés.

La plus franche confraternité, la gaîté la plus expansive,

ont constamment régné dans cette réunion d'artistes. L'auteur de cette bluette ne se fait point illusion sur le succès extraordinaire qu'elle a obtenu ; le mérite de l'à-propos a fait oublier les torts du poète. En la livrant à l'impression, il obéit au vœu unanimement manifesté par ses camarades ; mais sans avoir la pensée de donner à cet opuscule plus de publicité qu'il n'en a eu par la lecture qui vient d'en être faite en famille.

VOYAGE et RETOUR.

SILHOUETTE.

Il arrivait aux sombres bords,
   Celui dont la main patiente,
Le bon goût musical, la volonté puissante,
Surent de Beethoven exhumer les trésors !...
Tout s'agitait là-bas comme en un jour de fête :
Mozard, Gluck, Haydn, Handel, Lully, Rameau,
Préparaient des discours qu'avait écrit Rousseau.
Mais le nocher du Styx, qui ne perd point la tête,
Se dresse sur son bord et s'écrie : « Halte-là !
« D'où viens-tu ? qu'as-tu fait ? Ton nom et mon obole. »
Habeneck lui répond par cette humble parole :

   « Je suis artiste, et viens de l'Opéra...

— Très bien ; c'est un ténor, reprend l'autre : il paira.

— Je ne suis point ténor, ni baryton, ni basse...

Dieux ! je vois Beethoven... Ah ! passe-moi, de grâce...

   — Que me fait Beethowen... Allons,

Exhibe ton obole... ou vite, décampons...

Mais, avant, de là-haut dis-moi quelques nouvelles ;

   On en raconte ici de belles !...

Votre Opéra, dit-on, est dans un triste état ;

Rossini, dont la gloire a jeté tant d'éclat,

Du goût assassiné peut panser la blessure,

Mais il veut *que les Juifs aient fini leur sabbat* [1].

Weber se plaint tout haut de ce qu'on dénature

Le ton de ses morceaux, et parfois la mesure [2].

Garat nous a compté qu'oubliant ses leçons,

   On brigue le succès à force de poumons.

Gluck prétend qu'aujourd'hui tout se passe en vétilles,

   Et que vos opéras ne sont que des quadrilles [3] ;

Que *Racine* est chez vous traité en polisson,

Et qu'où règne *Louis* commande *Maintenon* !...

Néron, qui sur la scène a brillé comme d'autres,

Nous dit que ses *claqueurs* ne valaient pas les vôtres [4] ;

---

[1] Mot attribué à Rossini.

[2] Amour-propre d'auteur.

[3] Quelques affiches du Concert Muzard seront probablement tombées sous les yeux de *Gluck*, et ces mots : *Quadrilles des Huguenots*, *quadrilles* de la *Juive*, *quadrilles* de la *Muette*, etc., expliquent l'opinion hasardée qu'il s'est formée du mérite de nos ouvrages lyriques.

[4] L'empereur *Néron* n'était qu'un caporal, comparativement au fameux *Auguste* de l'Opéra. Voici une petite anecdote qui prouve que ces messieurs les claqueurs ont une autre manière de voir que le public, touchant le plus ou moins de dignité de leurs fonctions. Brouillé un jour avec l'Administration, pour avoir peut-être trop *soigné* ou pas assez *soigné* une *entrée*, *Auguste* perdit sa place : Assis chez le concierge Crosnier, où il fait élection de domicile tous les jours, depuis midi jusqu'à quatre heures, cet illustre chef, au lieu de recevoir l'impôt accoutumé des artistes dont *le nom est sur l'affiche*, n'en avait que des compliments de condoléance... — Est-il vrai, mon pauvre Au-

Que les chemins du beau vous sont presque inconnus,
Qu'on rit à l'Opéra, mais qu'on n'y chante plus [1]...
Ah ! s'il en est ainsi, mes pauvres camarades,
Vos affaires vont mal, vous êtes bien malades.
Mais c'est assez ; voyons, comment te nommes-tu ?
Fais-tu le *la*, le *si*, l'*ut*, le *ré* de poitrine [2] ?
— Je n'ai pas cet honneur... mais mon nom t'est connu ;
Je m'appelle Habeneck, et j'étais... — Je devine...
Ne te nomme-t-on pas aussi *Père Boudard* ?
Tu fis apprécier *Beethoven* et *Mozard* [3],
C'est bien... Mais ton archet fût-il cent fois magique,
Tu n'es qu'un chef d'orchestre...— Arrière, malheureux ;
Bourse de symphoniste a toujours sonné creux [4]...
Ton dévoûment à l'art, du siècle est la critique ;
Tu courus vers la gloire, et c'est là ton erreur.
Avais-tu donc besoin d'apprendre la musique ?

guste, que... — Hélas ! oui, ma *fille*... je suis *dégommé*... — Quel malheur !
Voilà comment ces messieurs les directeurs comprennent l'art.... C'est dégou-
tant quoi... — Je parie, dit un danseur, que c'est *Duponchel* qui a fait *encore*
celle-là... — Non, répond une grosse voix, ce ne peut être que *Meyerbeer*
ou *Halévy*.... — Meyerbeer ! Halévy ! (s'écrie notre héros) Ah !.... ce serait
infâme.... Ces messieurs ne peuvent avoir oublié avec quel zèle j'ai *conduit*
les *Huguenots* et la *Juive*.... (*Historique.*)

[1] Caron se trompe.... Il prend pour des éclats de rire ce qui est un *genre*,
une *manière*, un *style* nouveau enfin ; appelé le *saccadé*,... L'invention du
chant *saccadé* appartien . à certain Monsieur qui-i-i-i-i est-est-est-est
bè-è-è-è-è-ègue.

[2] Quand certains *carrés de papier* (comme dit mon ami Alph. Karr) appré-
cient le mérite d'un chanteur, ils ne se demandent plus aujourd'hui si sa voix
est fraîche, belle, égale et pure, s'il phrase bien, s'il respire à propos, s'il
chante juste.... Qu'est-ce cela ? bagatelle.... Mais ils s'inquiètent beaucoup
de savoir si le susdit fait le *la*, le *si* ou l'*ut de poitrine*.... Pour eux, c'est le
comble de l'art ; c'est en même temps une occasion de faire croire qu'ils sa-
vent ce que c'est qu'un *la* ou un *si*.

[3] Habeneck est le premier fondateur de la Société des Concerts, dont la
réputation est européenne.

[4] L'orchestre de l'Opéra est composé de 90 musiciens ; le chiffre annuel de
leurs appointements réunis équivaut à peu près à celui du premier ténor.

Il fallait te faire chanteur [1]...
Va-t'en, pauvre mortel ; sois désormais plus sage,
Et gagne quelques sous pour payer ton passage. »

. . . .

Ainsi parle le vieux Caron ;
Puis, renouant le fil qu'allait trancher la Parque,
Le Nautonnier farouche a repris l'aviron,
Et sur les bords de l'Achéron
Laissant notre Habeneck, dirige au loin sa barque.
Te voilà de retour, nous nous réjouissons ;
Pour l'art, pour l'amitié, c'est une double fête :
Reçois donc le bouquet que ma muse t'apprête ;
Des fleurs dont il se forme écoute aussi les noms.

Et d'abord c'est *Philip*, excellent camarade,
Ton ami dévoué, ton fidèle *Pilade* ;
C'est le grand *Barizel*, qui te racontera
Tous les brillants succès qu'il eut à *Cabréra* [2] ;
Planterre, qui bientôt va devenir étique,
Car Norblin n'est plus là pour sa numismatique ;
Puis *Couronneau*, qui peut te mettre au fait
Des dangers que l'on court dans un cabriolet [3] ;
Le gaillard *Dacosta*, grand amateur de pêche,
Que séduit un goujon, qu'un jupon court allèche ;
C'est *Tulou*, dont le chef subit l'arrêt du temps,
Mais qui, sa flûte en main, n'a pas plus de vingt ans ;
Dorus, qui de ce maître a médité la règle,
Et, sorti de son nid, vole aussi haut que l'aigle ;

[1] Ceci est un peu méchant.

[2] Barizel était l'un de ces prisonniers français qui furent presque oubliés dans l'île de Cabréra : il a mangé sa part de l'âne en question, mais depuis il m'a avoué qu'il préférait le filet de bœuf.

[3] *Couronneau* a sans cesse une histoire de cabriolet à vous raconter ; par exemple, c'est toujours la même.

C'est *Ferroust* le naïf, qui croirait sans façon
Que l'on a vu danser la gigue au Panthéon...
Puis *Guérin*, qui longtemps promettant d'être sage,
N'en put venir à bout que par le mariage ;
Guillon, à qui le ciel (ô bienfait sans pareil !)
Accorda pour cheveux des rayons du soleil !
   Non loin de toi tu reconnais *Leborne* [1],
     Qui veut toujours qu'on corne, corne, corne ;
       La providence des auteurs,
  I leur sauve souvent plus d'une peccadille.
Et certaine *Colette*, où son adresse brille,
       Cache au public bien des erreurs [2].
Schiltz, qui d'arrangements possède tous les codes,
Et fit en quinze jours plus de trente méthodes.
Dans certain festival il eut de grands succès ;
Tous les journaux l'ont dit..... Ils ne mentent jamais.
Boireaux, ainsi que moi, ne sachant plus son âge,
  Veut s'illusionner et songe au mariage.
Dubois, *Lée* et *Dubreuil*, *Norblin fils*, *Ballanchon* ;
Moudrux, *Lambert*, *Vidal*, *Urbain* et *Cuvillon* ;
Le clairon *Lerasseur*, au traitement minime,
Qui voudrait émarger comme son homonyme...
  Poisson, *Renard*, *Millot*, sont cités à leur tour ;
Manuel, *Landormy*, pardon du calembourg...
Le zélé *Labadens*, qu'il faut qu'on gratifie
Pour les crayons qu'il use à chiffrer sa partie !
  Si vers *Mathieu* tu tournes tes regards,
D'autographes anciens tu vois un fanatique ;

---

[1] Leborne est professeur de composition et chef de la copie. La *corne* témoigne qu'une *faute* a été commise ; mais les copistes ne sont pas toujours les vrais coupables.

[2] On demandait à celui-ci pourquoi il avait changé de place. « C'est une « vengeance de mon voisin, répondit-il, parce que je le réveillais en tournant « la page. »

Je crois même qu'il en fabrique.

Il s'habille en marin, et moule des lézards [1].

Aperçois-tu *Norblin* le numismate

Qui paîrait *cinq cents francs* un *sol* de Mithridate [2]?

Là, c'est *Pajou, Veny, Dauverné, Rousselot,*

Mengal, qui, chaque soir, livre aux stores la guerre ;

A gauche, à droite, et devant et derrière [3],

Frédéric Ducernoy, Tesdard, Kocken, Callaut,

Le harpiste *Callaut*, qu'à l'orchestre tout gêne...

Hors ses appointements, qu'il supporte sans peine.

C'est le triumvirat *Dieppo, Simon, Thibaut* [4],

Dont le talent rappelle à ma mémoire

Une plaisante et mirifique histoire.

Écoutez : un coup d'éventail

Fut un signal de guerre, et l'on nous vit descendre

Sur des bords africains qu'un dey [5] ne sut défendre.

Obligé de quitter les douceurs du sérail,

Ce prince infortuné (comme le sont les princes)

Voulut un jour visiter nos provinces,

Juger nos mœurs, nos arts, et cætera...

On le conduit à l'Opéra.

L'adroit Véron [6] veut qu'il crie au miracle ;

Riche alors en talents, il ouvre son trésor,

Et lui compose un magique spectacle...

---

[1] *Mathieu* a fait, comme amateur, sur la nature morte et sur les plantes, des travaux en moulage dont la finesse et la pureté d'exécution effacent tout ce qui est connu en ce genre.

[2] La Collection numismatique de Norblin est très remarquable.

[3] L'entrepreneur prétend que c'est une *guerre* injuste, attendu qu'il n'y a rien de moins éblouissant que son éclairage.

[4] Les trois trombones.

[5] Le dey d'Alger.

[6] Directeur de l'Opéra après la révolution de juillet, il a été plus heureux que ses administrés.

En ce temps-là, c'était possible encor.....
« S'il n'est pas sourd , dit-il , s'il n'a pas la berlue,
Il doit être ravi... » Mais l'impassible dey,
     Sur son balcon , mollement accoudé,
Ne quitte point notre orchestre de vue.
Le rideau tombe enfin , le médecin Véron [1],
Comme un triomphateur se présente à la loge ;
Du geste, du regard , de la voix interroge,
     Et l'interprète lui répond :
« Ce spectacle, monsieur, vivement intéresse ;
     Voici les mots qu'à son altesse
     Je viens d'entendre prononcer :
« Allah me donnerait encor cent ans à vivre,
« J'y songerai toujours... Je n'ai pu me lasser
« De voir ces trois messieurs avaler tant de cuivre
     « Sans se blesser !... [2] »
A ma nomenclature un moment j'ai fait trêve ;
     Permets que mon bouquet s'achève :
     Voici Battu [3], commissaire zélé
Aux apprêts du banquet, par nos vœux appelé,
Certain proverbe est faux à présent qu'il commande ;
Les battus, parmi nous, ne paient plus l'amende.
Tilmant , navigateur d'Asnière à Charenton ,
Aussi bien que l'archet manœuvrant l'aviron ;
     Charles Durel, joyeux convive,
Qui sut poétiser ce modeste instrument
Pour les progrès de l'art apporté d'Orient ,
A qui , peut-être, on doit les succès de la Juive.
Le fugantin Gauthier, qui ne peut voyager
Qu'escorté de Marpurg, de Bach, d'Abbretchberger ;

[1] On dit que M. Véron est médecin , j'espère que non.
[2] Historique.
[3] Second chef d'orchestre.

Comme le sphinx d'OEdipe, il veut qu'on se prononce,

    Jeunes ou vieux, ignares ou savants,

Un *motif* à la main il attend les passants

    Pour leur demander *la réponse* [1].

De *la Sylphide* aussi tu vois l'illustre auteur.

Cet œuvre dont lui seul ignore la valeur

Fut applaudi, mais moins qu'une certaine annonce [2].

C'est *Delderez*, d'*Ycoir*, *Claudel*, *Duprez* [3], *Réna*,

Desmaret et *Buteux*, *Kreisser*, *Venettoza* ;

Gouffé, qui, fatigué d'écrire du grimoire,

Trouve plus amusant de *frotter son armoire* [4].

Gras, qui pour être sûr de mieux prendre son vol,

Voulut passer sa vie auprès d'un rossignol [5];

Et cet autre que rien ne trouble, n'importune,

    Qu'on appelle *Pacard-la-Lune* [6] ;

Et *Corantin*, fameux par cet émargement :

    Sans préjudice du courant [7].

Je dois te signaler une triste lacune :

Schaft nous manque aujourd'hui ; sa présence, en effet,

Eût affligé nos cœurs... Il ne boit que du lait !

[1] Un bon *motif* de fugue a toujours sa *réponse* ; les directeurs comprendront difficilement le travail de la fugue, car ils n'ont pas l'habitude de répondre.

[2] A l'époque où l'Opéra avait l'horreur de compter M. *Schenettshœffer* parmi les maîtres de chant, celui-ci fut appelé, dans une circonstance, à faire une *annonce* au public : c'était un début, il eut peur et il lui fut impossible d'articuler un seul mot ; sa pantomime n'étant pas assez expressive, les auditeurs n'y comprirent rien et se mirent à rire et à applaudir. *Schenettshœffer* eut ce jour-là un magnifique succès !.... Une députation des artistes de l'orchestre alla immédiatement le féliciter sur son éloquence.

[3] Cet artiste n'a que 1200 fr. d'appointements, je n'ai pas besoin d'ajouter qu'il ne s'agit point ici de *Duprez le ténor*.

[4] Un paysan demanda un jour pourquoi il y avait à l'orchestre de l'Opéra huit messieurs qui frottaient chacun une armoire.

[5] Cette allusion à Mme Dorus-Gras n'est flatteuse que pour le Rossignol.

[6] La lune dans son plein, bien entendu.

[7] Voir M. Bigarne, caissier de l'Opéra.

Vaslin, qui sur sa basse a des allures franches,
Vis-à-vis des luthiers est indécis, changeant ;
De *Stradivarius* il eût fait le tourment :
Vaslin chaque lundi peut nous montrer dix manches [1].

Vois-tu briller, dans ce modeste coin,
Clavel, qui constamment pense à la politique,
Et parmi les bémols cherche la République [2].
Des plaisirs d'ici-bas, impassible témoin,
Urhan voulut pourtant être des nôtres,
Car du talent c'est l'un des plus fervents apôtres ;
C'est lui dont les solos brillants
Aiguillonnent l'ardeur de nos beautés connues,
Qu'il accompagnera vingt ans
Sans pouvoir dire un jour qu'il les ait jamais vues [3] !
Deux quintes comme *Urhan* ne sont pas défendues [4].
N'as-tu pas entendu cette incisive voix
Qui nous rappelle encor les beaux jours d'autrefois ?
C'est *Levasseur*, qui, dans ce temps d'orage
Où l'art est en péril, évita le naufrage.
Le feu sacré pourtant n'est point encore éteint,
Et tu peux raviver cette flamme divine :
La peste du faux goût depuis longtemps domine,
Mais ton orchestre est là, qui n'en est pas atteint...
Pour le maintien de l'art il est encore un gage,
Et l'on vient l'admirer... Tels on voit ces débris,
Attestant la grandeur des Romains d'un autre âge,
Arrêter les regards du voyageur surpris.

---

[1] *Vaslin* est toujours prêt à jeter le *manche après la cognée*.

[2] J'aurais pu mettre : parmi les *dièzes*, mais dame Césure n'a pas voulu.

[3] L'amour-propre de ces dames en est même très offensé !

[4] Les quintes de l'Opéra sont *justes* ; elles se plaignent pourtant d'avoir été *diminuées*... C'est M. Véron qui a résolu ce problème d'harmonie ; une tâche est réservée à son successeur, c'est d'en faire des *quintes augmentées*.

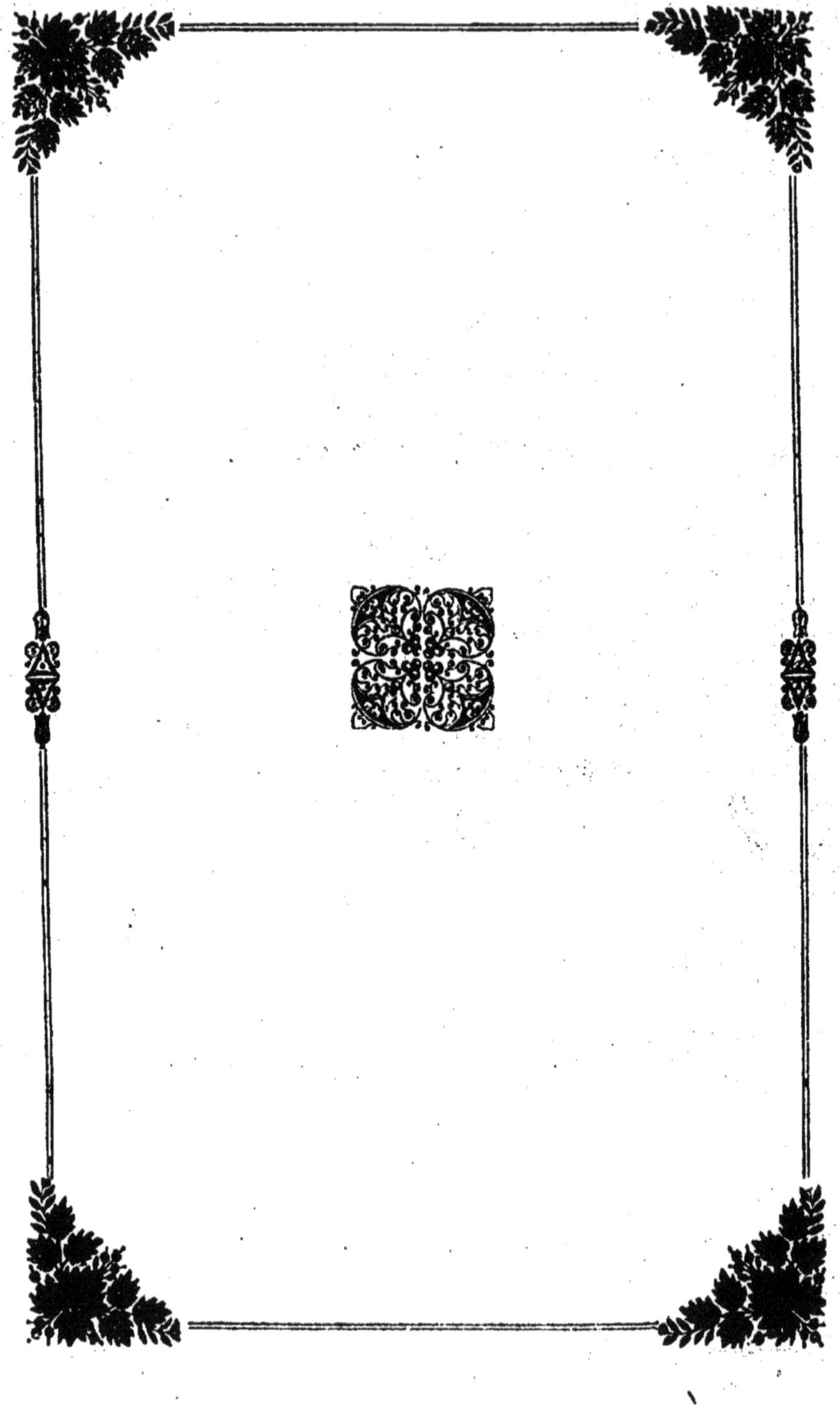

www.ingramcontent.com/pod-product-compliance
Ingram Content Group UK Ltd.
Pitfield, Milton Keynes, MK11 3LW, UK
UKHW022254070726
13613UKWH00005B/2280

9 782019 998233